Carlos Aguasaco

El viejo y el *man*

Editorial
 HOMO SCRIPTUM®

Title: El viejo y el man
ISBN-10: 194007522X
ISBN-13: 978-1-940075-22-8

Design: © Ana Paola González
Cover & Image: © Jhon Aguasaco
Author's photo by: ©
Author: Carlos Aguasaco
E-mail: carlos@artepoetica.com
Mail: 38-38 215 Place, Bayside, NY 11361, USA.

El viejo y el *man*

Nueva York
2014

Editorial
 HOMO SCRIPTUM®

El viejo había notado que, en los últimos, su esquema de seguridad se había debilitado meses. Se sentía libre de la constante vigilancia de las cámaras y los escoltas que lo rodeaban en todo momento impidiéndole ver el mundo más allá de sus hombros y el reflejo de los cristales de protección. Atrás habían quedado los fallidos intentos de asesinarlo, de hacerle explotar un tabaco en la cara o envenenarlo con un cafecito asesino. El probador oficial de sus alimentos comenzó a ausentarse una o dos veces por semana,

luego dejó de venir. Decían algunos entre dientes que había sido asignado como hombre de confianza del presidente de Venezuela. El viejo no se inmutaba con ninguno de los cambios que tomaban parte a su alrededor y, estoico, los asumía. Las necesidades del servicio alejaron a quienes lo cuidaban de cerca. Poco a poco, terminó conviviendo con su mujer, una cocinera y cuatro guardias que se rotaban la vigilancia de la puerta y el turno de contestar el teléfono. Se sentía a sus anchas en la casona medio vacía, libre de las formalidades de estado y del mote de Comandante que ya hacía rato le sonaba a burla. Un día, en un ataque de ira, hizo prometer a todos los que lo rodeaban que le llamarían compañero; eso había sido siempre, su compañero revolucionario. En caso que alguno se atreviera a usar el mote burlón de Comandante, le rompería la cabeza con el bastón de caoba que la revolución había rescatado del antiguo habitante de la casa. Todos lo tomaron como una amenaza de muerte; existía el

mito de que ese bastón en realidad era un arma de mediano alcance que podía disparar siete balas calibre veintidós. Entonces, la familiaridad de llamarlo compañero esto y compañero aquello hizo que los guardias se relajaran mucho más y tomaran su asignación como un punto muerto en su carrera militar. Alguna noche de febrero escuchó a dos de ellos hablar sobre el final de sus carreras: se sentían como guerreros de terracota, enterrados junto a su antiguo comandante esperando a que lo derrotara la muerte. Una tarde, mientras se suponía que él hacía la siesta, dijo uno de ellos medio ebrio: Nadie quiere matar a este viejo malparido. El guardia del turno anterior y él, se habían estado bebiendo el ron que el viejo guardaba en la cómoda. Sin pensarlo dos veces, se sentaron a beber junto al cuerpo del anciano y comentaron que, según se decía en los círculos de poder, ya nadie quiere matarlo para que se acabe la revolución sino que por el contrario sus enemigos han acordado proteger su vida para obligarlo

a verla caer por su propio peso. Ja, pensó simulando estar dormido, ahora resulta que el imperialismo me protege y me condena a morirme de anciano. Unos segundos después, actuando como un loco, simuló despertarse gritando y comenzó a decir: la revolución está más fuerte que nunca, jamás me voy a morir yanquis hijoputas. Lo dijo así como un español del sur de la península; siempre quiso decir hijoputa de la manera en que imaginó lo dirían sus abuelos. Al decir esta frase sintió tal placer que corrió a besar a su mujer en el solar de la casa. La vieja lo recibió con los brazos abiertos y sintió una felicidad enorme al verlo sonreír después de mucho tiempo. ¿Qué te pasa compañero?, lo dijo con sus dos acepciones, y él le respondió ¡mujer, he dicho hijoputa como mi abuelo. Fíjate hijoputa, hijoputa, lo he dicho cuatro veces y no ha salido en la prensa, nadie me lo ha reclamado, a nadie le importa! Entonces, como sumido en la exaltación, la invitó a salir a caminar por el malecón: vamos, vamos a caminar junto al mar, mujer, que me hace falta sentir la brisa en la cara. Compañero, le respondió ella, con la primera de sus acepciones, esa caminata no está en la agenda oficial y no puede improvisarse, si quieres llamamos a casa de tu hermano y le pedimos que lo arregle con los guardias, pero hoy nos quedamos en casa. El viejo sintió que la casa se convertía en una celda gigante, su mujer en alguacil y los guardias en carceleros. No te preocupes, le respondió, la revolución no está para andar organizándome caminatas oficiales en el malecón, déjalo así, los compañeros tienen misiones más importantes. Desde ése día el viejo sintió que la vida se le convertía en un licor agridulce que le sabía a libertad y encierro; entró en una depresión que lo confinó en su cuarto y en su cama. Para librarse del asedio de los guardias un día les pidió que sacaran de su cuarto la cómoda con el ron y la ubicaran en el extremo opuesto de la casa. Su mujer se limitaba a traerle un cafecito en las mañanas y una selección del diario con noticias reconfortantes sobre la vitalidad de la revolución. No quiero más café le dijo una mañana, la revolución lo necesita para aquellos que se levantan a trabajar y yo hace tiempo que me la paso tirado en este catre casi todo el día. La mujer aceptó la petición de su compañero, con la segunda acepción, y de forma discreta cesó sus visitas. De vez en cuando el viejo la visitaría en su cuarto con la expectativa de una felación, un coito de erección muy blanda y un abrazo cariñoso entre las sábanas. Mujer, el cielo se hace más alto en tu presencia. Le decía ya vencido entre sus piernas y la besaba con su dentadura postiza; ella sonreía y agradecía al imperialismo por el viagra que a veces lograba mezclarle en la comida.

En abril comenzó a vestir el uniforme verde oliva todos los días, marchaba en el patio como un recluta que practica orden cerrado. El viejo está loco y se entretiene en sus memorias, decían los guardias y la cocinera. Su mujer se había reintegrado a la vida social de la revolución y ahora asistía a un comité temático de las Damas Revolucionarias que se había formado en el CDR. Luego, el viejo empezó a alternar los días de marcha con días de estadías prolongadas en el cuarto. Se fatiga de marchar y tiene que quedarse un día entero en cama para recuperarse, le susurró uno de los guardias a quien le recibía el turno. Mejor –dijo el otro– así me trago yo su comida, me bebo media botella de su ron y me fumo uno de sus habanos en el cuarto de la cocinera. A finales del mes vinieron a buscarlo un grupo de asistentes de su hermano y un par de fotógrafos del diario oficial para hacerle unas imágenes leyendo el periódico del día. Le pidieron también hacer un par de comentarios sobre temas de interés internacional de los que no había llegado a enterarse. Uno de los miembros del grupo lo tomó del brazo y le pidió que hablaran en su estudio; el viejo asintió y se puso en marcha guardando silencio sin quitarse el brazo de su interlocutor del hombro. Compañero, –comenzó el visitante– necesitamos que se quite el uniforme verde oliva y vista una sudadera roja y unos tenis blancos; usted entiende, no queremos que la gente se confunda sobre la línea de mando, su hermano ahora es el Comandante y es mejor que la gente se acostumbre a verlo a usted como a un civil, como un compañero, un revolucionario más. ¿Me comprende? El viejo lo miró a los ojos y con tono de abuelo le dijo: claro que te comprendo, Bolívar, yo mismo escribí esas directrices cuando dejé el puesto, no te preocupes chico, sé que lo haces por la revolución. Dame la ropa que quieres que me ponga y salgamos de esto. El viejo se quitó el uniforme y se quedó en camisilla y calzoncillos mientras Bolívar le ayudaba a desempacar la sudadera y los zapatos tenis. Es una de esas pruebas de supervivencia que se usan para aguarle la fiesta a los exiliados que a cada rato festejan su muerte, compañero –le dijo Bolívar mientras le entregaba el periódico del día y le daba instrucciones precisas al fotógrafo. Era necesario usar el ángulo de los retratos legendarios de sus tiempos

de Comandante y hacerlo ver mayor pero vital, viejo pero bien vivo. Luego le hicieron una entrevista muy corta en la que le repitieron varias veces la posición oficial de la revolución frente a los asuntos tratados. Usted sabe compañero que sus opiniones se toman como la versión oficial del la revolución y no queremos que usted se confunda. ¡Claro que no!, –respondió el viejo un poco alterado–, yo conozco bien mi papel en la revolución, no me tienen que aclarar esas babosadas, camaradas. La palabra camaradas resonó en los oídos de los visitantes como una amenaza, un recordatorio de que el anciano todavía tenía autoridad sobre la tropa y podía hacerlos fusilar si ellos cometían alguna indiscreción o lo mal interpretaban. Habló frente a las cámaras con una propiedad de estadista en ejercicio y le dejó saber a propios y a extraños que él tenía fuerzas para rato. Antes de despedirse, en un acto que se podría tomar por burgués, le pidió a Bolívar que le dejara la sudadera y le enviara una gorra de béisbol que hiciera

15

juego con ella. Es para no usar más este uniforme, Bolívar. Ya no soy el Comandante y prefiero vestirme como un camarada, –le mintió para lograr su cometido. Bolívar aceptó el requerimiento y al día siguiente llegó la gorra con una nota de su hermano escrita a mano: compañero, en la primera y tercera acepción, aquí tiene la gorra, va con mi abrazo fuerte y solidario, firma R.

El viejo guardó la sudadera debajo del colchón de su cama y pretendió haberse olvidado de ella. Continuó sus entrenamientos de orden cerrado a paso redoblado. Poco a poco sintió que su estado físico mejoraba y que de ser necesario podría volver a sostener una carabina o un AK 47 para defender la revolución de los ataques del imperialismo. Los guardias no notaron la mejoría pues hacía rato que se limitaban a cambiar de turno y encerrarse con la cocinera a comer y a beber a nombre del anciano. Su mujer andaba cada vez más involucrada en los asuntos del Comité hasta el punto que limitó sus

encuentros conyugales al mínimo posible, es decir, uno al mes. De esta manera pasó junio entre marchas en el patio y siestas casi interminables de hasta veinticuatro horas.

El momento oportuno se presentó la segunda semana de julio mientras se hacía el cambio de turno entre los guardias. Ya se habían relajado tanto que para el anciano fue fácil vestir su sudadera roja y salir por la puerta de enfrente cuando ellos ya se habían entregado al tabaco y al ron.

Los primeros pasos sin vigilancia fueron los más difíciles, había pasado más de medio siglo rodeado de hombres armados y había olvidado cómo compartir la acera con otros transeúntes. El sol de la mañana rozó la mejilla izquierda y la brisa marina le entró por la nariz como el anzuelo en la boca del pez. Supo que caminaba en dirección norte y se propuso continuar hasta llegar al malecón. Le hacía falta sentir el rugido del mar invitándolo a la lucha mientras se alejaba de la muralla y se acercaba al Vedado. Después de un rato logró ubicarse, se hallaba caminando por Pozos Dulces en dirección a Salvador Allende. Lo supo porque en la distancia vio un mojón que indicaba el cruce. Él mismo había dado la orden de cambiarle el nombre de Carlos III por el de su amigo muerto a manos del imperialismo. El viejo pensó en el AK 47 que le había regalado y con el que la revolución afirmó que murió combatiendo a los golpistas. Otros dijeron que lo había ejecutado Patricio de la Guardia, que de revolucionario ejemplar terminó condenado por narcotráfico. Nada de eso importa ya, –se dijo el viejo en voz baja–, ahora mismo puede salir Patricio de cualquier parte y lo mismo darme un abrazo como matarme a puñaladas. Cruzó la calle y giró a la derecha en la Avenida de los Presidentes. De repente, un auto Lada de la Policía de la República giró por la derecha y se detuvo al costado de la calle. De su interior descendieron dos policías vestidos con uniforme gris y azul de manera impecable. El viejo se sintió atrapado y por un momento quedó pa-

ralizado donde estaba. Le pareció irónico sentirse convertido en una estatua más en la avenida de los presidentes. Había quedado entre José Miguel Gómez y Salvador Allende, es el lugar más apropiado para que me pongan –pensó en silencio. El pensamiento de hacerse embalsamar y poner en una vitrina para la gloria de la revolución le pareció una payasada digna de la ortodoxia rusa pero para nada coherente en el Caribe revolucionario. Volvió la mirada sobre los policías y notó que se encontraban ayudando a una anciana a bajarse de la patrulla. Respiró profundo y dijo en voz baja, la revolución sí sirve, está salvada. Pasó junto a los agentes que ignoraron su presencia y volvieron al interior del auto para responder a una llamada por radio. La mujer se despidió de los policías con un: muchas gracias, compañeros. El viejo reconoció el timbre de la voz, se trataba de la misma persona que lo había llamado en innumerables ocasiones para pedirle su intervención en crisis diplomáticas centroamericanas. Es la

viuda de Roque Dalton, dijo de forma automática y se llevó la mano a la boca como quien busca autocensurarse, después de unos segundos continuó su marcha. En la cuadra siguiente vio una gran cantidad de personas junto a una parada de autobús. Comenzó un ejercicio mental de conteo y análisis de probabilidades, concluyó muy rápido que había allí más de trescientas personas y que sería muy difícil acomodarlos en un solo autobús aunque viniera vacío. Se acercó a una muchacha de unos veinticinco años que aguardaba en la periferia del grupo y le preguntó ¿Compañera, cuánto tiempo lleva esperando la guagua? La mujer lo miró como quien juzga a un pésimo comediante o simplemente rechaza una broma de mal gusto. Sin responderle se alejó de él. La revolución está enferma de amargura, musitó entre dientes. Unos pasos más adelante encontró a un negro de piel quemada por el sol, era bastante viejo y podía haber sido adolescente durante la revolución, sintiéndose más a gusto con él volvió a hacer la misma

pregunta. Chico, ya tú sabe´ que aquí la guagua pasa cada vez que se cambia de comandante y se echó a reír con una dentadura sana y reluciente que le hizo sentir envidia al viejo. La revolución es alegría pero también contradicción –pensó sin alejarse del negro. Bien chico, pues aquí me voy a quedar con todos los compañeros esperando la guagua, –dijo en voz alta para que el negro y la muchacha lo escucharan. El sopor del Caribe se apoderó del lugar y el grupo entró en un duermevela colectivo. Esto preocupó al viejo que tampoco pudo resistirse al adormecimiento general. La voz de una joven mulata los arrulló con un canto suave y profundo. El canto tenía un color azul profundo, tintes terracotas y una nostalgia que contrastaba con su juventud. El viejo se transportó en el tiempo y recordó la primera vez que escuchó Amorosa Guajira en la voz de otra mulata que actuaba en el Hotel Nacional durante una celebración del triunfo revolucionario. Le había llamado la atención esa cantante con cuerpo de bailarina y tez de cuero de tambor. Recordó que en esa ocasión pidió a sus guardias que la hicieran ir a su cuarto para verla a solas. La mujer había llegado con la frente en alto escoltada a distancia prudente por dos guardias que exhibían sendas marcas de cachetadas en el rostro. Él la recibió recostado en la cama, con el uniforme y las botas puestas pero sin cigarro en la boca. ¿Aquí me tiene, Comandante –dijo ella con ironía y valor– haga con mi cuerpo lo que quiera? Él le contestó sin moverse de la cama: ¿Con tu cuerpo chica? ¿Para qué quiero tu cuerpo, cuando lo que me gusta es tu voz? lo dijo con una candidez tan profunda que ella sintió vergüenza por haber pensado mal del Comandante. Chica, quiero pedirte el favor de que me cantes esa canción de la guajira para ver si logro quedarme dormido, sufro un insomnio terrible desde el problema ese de los misiles –le dijo como suplicándole que le curara ese mal. La mulata se paró junto a la ventana y mirando al malecón comenzó a cantar:

En una verde campiña
donde florece la piña
perfuman las flores
y arrulla un palmar...

La chica interrumpió la interpretación y dijo con la voz emocionada: ahí viene la guagua, compañeros, ahí viene la guagua. El viejo regresó de su recuerdo y observó a la gente acomodarse en el autobús de la mejor manera posible. No había entre ellos ni alegría ni tristeza, tenían resignación en la mirada y tensión acumulada en el rostro, todos menos la cantante y el negro que sonreían todo el tiempo. De forma increíble, el viejo contabilizó doscientas ochenta y siete personas a bordo del autobús. Desde la puerta uno de ellos le gritó: Compañero, venga, súbase que la revolución no deja a nadie atrás, aquí nos acomodamos todos. El viejo subió al autobús con un salto de militar entrenado y se agarró de un asidero al que acercó el cuerpo para que pudieran cerrar la puerta. La guagua llegó hasta el malecón y giró en dirección al Morro. El viejo estaba parado en el lado opuesto al mar y tuvo que ver la ciudad entre ruinas y reconstrucciones. Medio siglo y la lucha por mantenerla en pie no cesaba. Sintió que los muros de la ciudad le hablaban, le gritaban que la revolución había fracasado. El viejo apretó la mandíbula y por un momento meditó en silencio: es cierto que la ciudad está casi en ruinas, pero por lo menos son las ruinas de todos y no las mansiones de unos pocos. De repente, entremezclados con las ruinas comenzaron a aparecer edificios de apartamentos nuevos que se levantaban orgullosos frente a los demás. Una chica sentada en el mismo costado levantó la mirada y señaló a su compañero de viaje: ahí vive mi papá, mira. Te dije que era un edificio muy bonito. El joven sentado a su lado abrió los ojos y la boca: ¿chica, pero cómo fue que tu papá consiguió eso? Te dije que es guitarrista y ameniza las reuniones del Comandante –Respondió ella orgullosa. Ah, pero eso debe ser reciente pues el edificio es nuevo y al otro Comandante le cantaba

una mulata del Tropicana –dijo el chico sin cerrar la boca. El viejo sintió vergüenza al oír estos comentarios. Ninguna de esas cosas era cierta pero los rumores lo apenaban pues le hacían daño al proyecto revolucionario. Eso no es cierto –replicó otro pasajero–, esos apartamentos se los otorgaron a los profesores del Conservatorio Nacional por su contribución a la Revolución Cultural. El debate terminó en un silencio incómodo para todos, nadie quería hablar bien o mal del régimen. La revolución es justa –pensó el viejo agarrado al pasamano. Pero el silencio tenso y profundo lo hizo dudar de la estabilidad del sistema. El autobús no tenía aire acondicionado y el calor y la humedad comenzaron a hacerse insoportables. El viejo giró la cabeza y vio que se acercaban al monumento al general Máximo Gómez. La estatua ecuestre del dominicano lo mostraba mirando al mar, como queriendo cabalgar hacia el lugar de su nacimiento. El caballo tenía las cuatro patas apoyadas pues el héroe había tenido una muerte natural. El viejo decidió bajarse de la guagua en el paradero más cercano al monumento. ¿Cómo sería una estatua ecuestre del Che? –musitó el viejo hablando consigo mismo. El caballo no podría tener las dos patas frontales en el aire porque no había muerto en combate, tampoco podría tener una pata levantada ya que no había muerto por heridas en combate y menos las cuatro patas apoyadas como el de Máximo Gómez, el Ché no había muerto en su casa. ¡Ja, –se rió el viejo en voz alta– esa estatua ecuestre habría sido la imagen de un burro cruzando una cañada con el Che a su lado! Le pareció un chiste graciosísimo, digno de los mejores comediantes pero nadie en la guagua se rió, nadie asintió. Nadie comprendió de qué hablaba y muchos lo tomaron por un anciano enloquecido por los años que ni siquiera se había preocupado por pagar el importe del pasaje.

El viejo descendió de la guagua, de la misma forma en que la había abordado, con un brinco militar que sorprendió a quienes bajaron después de él. Miró a Máximo por unos segundos y dio media vuelta, era un autómata, marchó sin detenerse a mirar el tráfico de coco taxis que llevan y traen turistas. Al otro lado de la avenida del Puerto lo esperaba el Castillo de San Salvador de la Punta y al igual que en sus mejores tiempos caminó hacia la garita de esquina; volvió a sentirse un comandante pasando revista a la guardia del fuerte. Desde ahí vio el malecón y sintió la brisa en la cara, respiró el aire salado y húmedo que le revolvía la barba y lo ensopaba de sudor por todo el cuerpo. Se quedó ahí, de pie como prestando guardia en posición firme dejando ir la mirada hasta la línea del horizonte. El calor y la humedad eran tan fuertes que el viejo comenzó a ver espejismos en el agua. Cientos de yates con banderas imperialistas se acercaban a la costa, en sus cubiertas podían divisarse sendas parrillas de barbacoa dejando escapar un humo oloroso a carne asada y a chorizos hirviendo. Podía ver a sus pasajeros brindando con cerveza enlatada mientras sus naves se acercaban despreocupadas a la isla. El viejo seguía firme y, sin inmutarse por su visión apocalíptica, su mente no dejaba de explorar opciones para defender el fuerte. Pensó en los cañones, los desechó por su falta de precisión; pensó en la fuerza aérea, eso lo obligaría a llamar a su hermano; pensó en arrojarles piedras, le pareció superfluo gastar tanta energía en un combate tan desigual. Al final decidió soplar con toda la fuerza de sus pulmones y, para su sorpresa, las naves comenzaron a hundirse, las parrillas a hacer agua y el olor a carne y cerveza en lata se dispersó en la humedad del aire.

Me hace falta agua –dijo el viejo al darse cuenta de que estaba alucinando y tirado en el suelo. Agua –volvió a decir estirando el brazo izquierdo para agarrarse del pie de un transeúnte. La pierna fue más ágil que el brazo y esquivó la mano para alejarse indolente. A este desplante se sumaron otros, de personas que parecían caminar sin prisa y sin compromiso con el anciano tirado frente a la garita que bordea el mar. Después de unos minutos, que parecieron horas, el viejo logró sentarse y se recostó contra la piedra hirviente que cedió un poco ante la presión de su espalda y que dejó caer algunos granos de arena. Unos momentos después sintió unos pasos acercarse y volvió a decir –agua– con la mano estirada. En ese momento sintió el peso de un vaso lleno en la palma y una mano suave que le ayudaba a agarrarlo. Aquí tiene buen hombre –le dijo una voz con acento extranjero. Beba pequeños sorbos, señor, para que no se fatigue –continuó la voz que ahora también era una sombra que lo cubría. La revolución está salvada –dijo el viejo con la esperanza en los labios y sin notar el acento. La sombra se agachó y le ayudó a levantarse rodeándole la cintura con los brazos. Una vez que estuvo de pie, la sombra volvió a llenarle el vaso con agua helada y lo invitó a beberla. Gracias compañero –dijo el viejo sintiendo orgullo de la solidaridad revolucionaria. Por nada, camarada –respondió la voz ignorando que esa expresión se usaba más entre militares que entre civiles. Al oír el camarada con un acento extranjero, el viejo notó

su equivocación y dio dos pasos al constado para evitar el contraluz y ver bien a su interlocutor.

Se trataba de un hombre con lentes de aumento, de estatura mediana y un poco pasado de peso. Llevaba un maletín de fotógrafo y un galón de agua en la mano cubierto con un par de vasos desechables. Disculpa chico, pensé que eras de la isla –dijo el viejo tratando de poner las cosas en su lugar. No se preocupe señor, me honra al llamarme así –respondió el hombre sonriendo. Sí, pero es que tú no comprendes lo que quiere decir –respondió el viejo en un intento de obligar al otro a mantener la distancia. No entiendo, es verdad –dijo el extranjero – pero quiero aprender, ¿podría usted ayudarme? El viejo lo miró sin comprender el pedido y, comenzando a caminar por el malecón, le dijo como para despedirse: ¿ayudarte yo, chicho? Mejor búscate un paquete turístico o consíguete una novia, o casi novia o meretriz, mejor dicho una de esa jineteras que dicen tanto abundan ahora por aquí.

El hombre lo alcanzó a paso redoblado y le dijo mirando a la distancia: esas mujeres no me interesan. ¿Qué? –respondió el viejo– las mujeres no te interesan, chicho, ¿entonçes eres maricón? Porque si eres maricón, déjame decirte que eso a mí tampoco me interesa. El turista no pudo contener la risa y soltó una carcajada que hizo al viejo detenerse y voltear a mirarlo. ¿Entonces qué es lo que quieres? –le preguntó como quién trata de pagar una deuda. El extranjero se acercó y en tono confidencial le dijo: caminar, ir por ahí como un revolucionario cualquiera. Un viejo como usted debe ser buena compañía y supongo que tendrá muchas anécdotas que compartir. Mírese, nadie le presta atención, estaba a punto de morirse deshidratado en esa esquina. El viejo se llevó la mano a la barba y le dijo: chico, yo no soy profesor, ni escritor, ni poeta, pero es cierto que he pasado toda mi vida en la revolución. El extranjero intuyó en la voz del viejo una profunda sinceridad y soledad absoluta, pensó rápido y siguió

caminando junto a él sin decir nada. El anciano consideró sus opciones, entendió que el extranjero le servía de cubierta pues nadie esperaría que él fuera por ahí acompañado de un sujeto con facha de turista; además él tenía un galón de agua y disposición de escucharlo. Puedo decir lo que quiera sin que nadie piense que estoy loco, no pensarán que hablo solo sino que converso con mi acompañante –murmuró y sin darse cuenta el turista lo escuchó. Exacto, nos conviene pasar el día juntos –replicó el turista asumiendo que habían hecho un trato. El viejo reanudó la marcha con la resignación de quien tiene una deuda de gratitud y espera pagarla de manera veloz. Caminaron en silencio por algún tiempo, el turista imitaba los gestos del viejo que de vez en cuando cerraba los ojos, extendía los brazos y respiraba profundo para disfrutar la brisa. El extranjero hizo el primer comentario: me ha sorprendido que en esta ciudad no hay contaminación visual, no está plagada de publicidad, aunque a veces me parece que hay mucha propaganda estatal. El viejo trató de ignorar el comentario y siguió en camino unos pasos antes de replicar en un tono contenido: pues es que la publicidad que extrañas, chico, es mil veces peor que la propaganda. Lo tú llamas propaganda estatal es una forma directa comunicación y deja en claro las contradicciones, los bandos que se oponen, mientras que la publicidad disfraza con el rostro de un bebé, una mujer hermosa o un joven apuesto, la explotación, el robo del trabajo ajeno. El turista, aunque era una persona educada, no comprendió todo lo que dijo el viejo pero pretendió entenderlo y asintió sin replicar. Lo sorprendió la articulación y claridad ideológica del anciano: Carajo –pensó– si así habla este viejo que ahora estaba tirado en la calle, cómo hablará un dirigente revolucionario activo, impresionante, impresionante. En ese momento el viejo se detuvo, se recostó contra el malecón y dijo hablando solo, pensando en voz alta: la revolución es un éxito, acabamos con la dictadura del mer-

cado. Las palabras le envolvieron el rostro como si la brisa se las quisiera hacer tragar una a una. El viejo cerró la boca y continuó el camino.

Grupos de chicas sentadas en el muro junto al mar comenzaron a sonreírle al turista. El hombre levantaba la mano como una estrella de cine que se siente reconocida en una ciudad pequeña y quiere congraciarse con el público. Alguna trató de acercarse pero la presencia del viejo la disuadió cuando notó que caminaban juntos. Hay chicas muy bellas y amigables aquí en la isla –comentó el extranjero buscando incitar al viejo a hablarle. Chicas bellas y amigables hay en todas partes –comentó el viejo de manera cortante. Sí –respondió el extranjero– pero estas son en extremo simpáticas, he visto muchas de ellas en el hotel donde me quedo, viven allí con sus novios. Muchos son extranjeros y he notado que a veces no hablan la misma lengua y se comunican con señales. El viejo no resistió más aquello que le pareció una ironía continua del

turista y explotó: chico, pues serán jineteras, meretrices, putas o como las llamen
en tu tierra –dijo agitando los brazos en
señal de disgusto. Siguió hablando sin
pensar en su acompañante: coño, la revolución está puteada, el malecón parece un
puticlub madrileño pero al lado del mar,
esta mierda se viene abajo. Las mujeres
salen a putearse y los hombres como eunu-
cos sirviendo a los turistas. El extranjero
sacó su cámara e hizo un par de tomas del
mar y de los grupos de mujeres. Luego
preguntó: ¿Por qué se prostituyen? ¿Acaso
la revolución las obliga? ¿No tienen lo que
necesitan? El viejo bajó los brazos y se
sinceró: la verdad cuando triunfó la revolución pensamos que no habría ni maricones ni jineteras pero la realidad es que estábamos equivocados. Los maricones no
pueden curarse porque la homosexualidad
no es una enfermedad sino una manera in-
nata de ser. Muchos verdaderos revolucionarios se perdieron por culpa de nuestra
ignorancia, por nuestra estupidez colecti-
va. El viejo se detuvo un momento, se re-

costó de espaldas al malecón y con las manos en la cara trató de conjurar un recuerdo. Un collage de rostros le pasó por la mente, sintió que todos ellos eran piezas faltantes en el rompecabezas revolucionario. Luego respiró profundo y volvió a caminar buscando que la brisa le refrescara el rostro. El turista no quiso dejar pasar la oportunidad y lo alcanzó simulando tomar fotos de un par de edificios derruidos, tan pronto como pudo le preguntó: ¿Y las jineteras, por qué se prostituyen? El viejo lo observó con un aire incómodo, con un poco de disgusto buscó en el rostro de su interlocutor alguna señal de burla o humor negro, pero no la encontró. El turista tenía una expresión tan cándida que parecía un niño; el anciano decidió darle una oportunidad y de dijo de la manera más calmada: se prostituyen por dinero, chico, porque quieren consumir cosas que la revolución no les provee. Ellas quieren desodorante, pantimedias, toallas higiénicas, perfumes, coloretes, ropa nueva, joyas, teléfonos celulares, ce-

mento, baldosas, ladrillo; por dinero chico, dinero. El viejo dejó de hablar y por un momento se detuvo a observar los autos que pasaban en ambas direcciones. Reconoció un par de placas color verde claro con la inscripción de las FAR y vio que los pasajeros no usaban el radio de comunicaciones sino teléfonos celulares: me están buscando y no quieren alertar a todos los camaradas –dijo en voz muy baja para guardar el secreto. Pensó rápido, puso la mano en el hombro del extranjero y le dijo: chico préstame esos lentes oscuros que llevas colgando del bolsillo –y de la misma manera que lo dijo los tomó para ponérselos. Todavía no quería que los guardias lo encontraran, no quería tener que explicarle a nadie su presencia con esa facha y esa compañía. Tampoco quería que el extranjero conociera su identidad y proclamara sus vivencias a los cuatro vientos. Uno de los autos se detuvo al otro lado de la carretera y de su interior descendieron tres hombres vestidos de civil que cruzaron la

calle hacia el malecón en dirección al viejo y el turista. El viejo pretendió no haberlos visto y continuó caminando con la mano en el hombro del extranjero. Los hombres pasaron justo al lado de ellos y se dirigieron a un grupo de muchachas que acababan de saludar al turista. Uno de ellos tomó a una chica por el brazo y le dijo con voz agria y firme: ¡yo te dije, Yurladis, que si te volvía a encontrar jineteando por el malecón te iba a rompé la madre! Anda, muévete, súbete al carro que andamos buscando a alguien y preciso aquí te encuentro, puta sin vergüenza. Los otros dos hombres saludaban con cierta sorna a las otras chicas del grupo, el viejo creyó ver que uno de ellos intercambió números con una de ellas. Yurladis cruzó la calle y abordó el automóvil con una resignación de hermana menor descubierta en una terrible travesura. El turista no se atrevió a hacer ningún comentario al respecto y dejando entrever algo de miedo le dijo al viejo: ¿compañero, le parece bien si entramos a beber algo en el Hotel Nacional? Yo invito, por supuesto. El viejo giró la cabeza a la izquierda y con el rabillo del ojo reconoció el otro automóvil con placas verdes viniendo en su dirección a velocidad sospechosa; se sintió atrapado en una emboscada. En un ataque de rabia tomó la decisión de romper la pinza por el medio y tomó al turista del codo y lo haló para cruzar la calle frente al automóvil que se acercaba. El extranjero pensó: si esta es la convicción de este viejo revolucionario, es lógico que se hayan sostenido en el poder por tanto tiempo. Cruzaron en dirección a La Rampa, la calle se empinó y el turista se rezagó unos pasos pues el paso del viejo era más firme y marcado. Por unos segundos el viejo consideró la opción de arrojar los lentes oscuros a la banqueta, girar de forma rápida a la derecha y buscar la entrada del hotel donde se identificaría como hermano del Comandante. Si el turista llegaba después afirmando conocerlo, se echaría a reír y le ordenaría a la seguridad mantener a ese loco a distancia. Desechó la

idea al pensar en las fotos que el turista tenía en su cámara digital: necesito que este pendejo no se entere de quién soy –dijo entre dientes con un volumen casi inaudible. El viejo se detuvo y esperó al extranjero, juntos giraron dos veces a la derecha y se hallaron frente a la imponente entrada del hotel. El viejo permitió que el turista tomara el control y comenzó a seguirlo de cerca como quien se siente intimidado antes de entrar a un lugar que no conoce o donde siente que no pertenece por cuestiones de clase social. El extranjero sintió pena por el viejo y le dijo: tranquilo compañero que usted viene conmigo, déjeme hablar a mí. El viejo asintió y, como un perro manso, bajó la mirada. El turista no esperó a que el portero abriera la puerta, tomó la manija él mismo y abrió el portón para que el viejo entrara. El anciano pasó al lobby del hotel y siguió sin detenerse hacia la próxima puerta para salir al jardín, el extranjero se apresuró para abrirle la segunda puerta. Cuando vio que el viejo había pasado al

área social del hotel, el extranjero sintió que había tenido un gesto revolucionario dentro de la revolución y por un momento se sintió haciendo historia. El viejo fingió no conocer el lugar y esperó a que el extranjero lo guiara. El turista lo agarró del brazo y le indicó que caminaran hasta las mesas del borde con vista al malecón. Antes de llegar un mesero los detuvo y les preguntó: ¿Qué quieren caballeros? ¿Están alojados en el hotel? No –respondió el turista– pero tenemos CUCs. Sigan entonces –respondió el otro– aquí siempre que consuman lo suficiente y paguen en CUCs se les atiende con gusto. El extranjero comprendió el mensaje y luego de ayudar al viejo a sentarse, se acomodó en la silla contigua y dijo con propiedad: tráiganos una botella de ron. Con gusto –replicó el mesero y comenzó a alejarse. El viejo reaccionó un segundo después y agregó fingiendo un acento neutral: y una botella de Coca-Cola. El mesero respondió: no tengo botellas, sólo latas. Está bien, trae dos de esas entonces –dijo el viejo manteniendo

el acento fingido. No sabía que los revolucionarios tomaran Coca Cola, pensé que ustedes bebían sólo Tu Kola –comentó el extranjero con un poco de sorna. No, chico –respondió el viejo – lo hice para que el mesero me tome por turista y nos deje hablar en paz, ¿me comprendes? El turista asintió sin estar seguro de las razones del viejo. Cuando el mesero regresó con el pedido, lo puso sobre la mesa con una actitud desconfiada les pidió que pagaran la cuenta: son treinta y ocho CUCs –dijo esperando que se quejaran del sobreprecio. El turista buscó en su cartera el cambio exacto y le pagó al hombre sin agregar propina pues asumía que ya la habría incluido en el precio. Después de mezclar el ron con la Coca Cola, los dos hombres brindaron a la salud de la isla. Un pequeño precipicio los separaba del malecón que a la distancia se veía muy limpio y seguro. La revolución mantiene muy ordenada y limpia la ciudad –dijo el extranjero. El anciano respondió con honestidad: la necesidad mantiene limpia la isla, chico, aquí nada se puede desechar, todo hay que tratar de utilizarlo para lo que se pueda. Después de dos tragos y con la botella medio vacía en la mano, el extranjero le preguntó al viejo sin ningún preámbulo: ¿Qué estaba haciendo usted durante el levantamiento revolucionario? El viejo bebió un sorbo largo, lo mantuvo en la boca un momento y lo pasó de un tirón, buscó valor para confesar un secreto y dijo: era uno de los comandantes del ejército revolucionario. El turista soltó una carcajada, guiñó el ojo izquierdo en señal de complicidad y bebió un trago. No se preocupe compañero –dijo un poco disgustado– si no quiere hablar en serio conmigo y va a comenzar con el choteo ese que tanto se usa aquí, terminamos esta botella y nos separamos. Haz lo que tú quieras, chico, este es un país libre –dijo el viejo burlándose de la aparente frustración del turista. El viejo se sirvió un último trago ya sin Coca Cola y observó a una muchacha sentada en la mesa contigua. La chica, de piel clara y cabellos castaños,

bebía sorbitos de un mojito mientras su compañero le hablaba de sus viajes a Europa. El extranjero notó la fijación del viejo y buscando reanudar la charla le preguntó: ¿Qué diferencia hay entre una de esas muchachas del malecón y esa chica de la mesa contigua? El viejo tardó en responder, pero luego de echar un vistazo a la chica y al malecón dijo a modo de sentencia: Biológicas, ninguna. Pero es claro que son de dos clases diferentes. El turista percibió el desencanto del anciano y comentó de inmediato: pensé que no había clases sociales en la isla. El anciano bebió de su vaso y le respondió: piensas mal, chico, la revolución no ha podido acabar con la lucha de clases pero por lo menos ha obligado a que personas como esa chica, su madre y su abuela, tengan que pretender en público que no existe. ¿Las conoce? –preguntó el extranjero. No –replicó el viejo pasando un trago imaginario por la garganta, con un dolor seco e invisible– pero conozco a la gente de su clase. Hubieran querido irse, no pudieron, sus familias se exiliaron; ellos quedaron atrás como anclados en sus casas pretendiendo ser revolucionarios pero incubando veneno capitalista y odio. La revolución los ha neutralizado pero no espera que cambien. El turista creyó comprender pero quiso aclarar su interpretación y volvió a preguntar: ¿Y eso para qué sirve? El viejo no alcanzó a responder la pregunta, reconoció a Bolívar hablando con una de las chicas en el malecón que le señalaba hacia La Rampa. Bolívar vestía un traje con corbata y llevaba unos lentes oscuros parecidos a los del viejo. Lo seguían cuatro hombres armados con fusiles de asalto que a una señal de su mano se desplegaron en sentidos opuestos y cruzaron la calle. ¿Qué hora tienes chico? –preguntó el viejo al turista con prisa. Son las dos de la tarde –respondió el otro. El viejo se levantó y dijo: me tengo que ir, tengo una cita a las tres en la Avenida de los Presidentes con un viejo amigo. Comenzó a caminar buscando la salida sin demostrar ansiedad, tuvo incluso el descaro de le-

vantar la mano para despedirse de la chica en la mesa contigua y del mesero. El turista se puso de pie y lo siguió sin comprender nada. Los dos hombres cruzaron el lobby en fila india y sin que nadie les sostuviera la puerta. El anciano tomó la acera de la derecha pues vio que allí había un grupo de bailarinas esperando una audición para trabajar en el cabaret del hotel. Bellas mulatas, mestizas y negras hacían una fila desordenada que cubrió al viejo y al turista de la mirada inquisidora de Bolívar que pasó a unos metros, sin notar su presencia, y entró al lobby del hotel. El turista alcanzó al viejo y lo tomó del brazo como si ayudara a su abuelo enfermo. Justo en la entrada uno de los hombres con fusil de asalto los interceptó con el arma levantada. ¿Adónde se dirigen? –preguntó el hombre. El turista tomó la iniciativa: vamos a hacer un tour en taxi antiguo. El hombre del rifle les dijo con mejor actitud: ahí, cruzando la calle está el taxi más antiguo de la isla. Al otro lado un hombre con sombrero de paja pareció entender que hablaban de él y ondeando el sombrero los invitó a cruzar: Este es mi taxi caballeros, el más antiguo de la isla. El turista volvió a tomar la iniciativa y le dijo: Vamos a la avenida de los presidentes. El viejo terminó las indicaciones: al Hotel Presidente. El taxista abrió la puerta de madera de su automóvil y los invitó a seguir. Luego tomó una manivela de su asiento y se posicionó enfrente del coche. ¿Qué pasa señor? ¿Por qué no arrancamos? –preguntó el turista. El taxista se inclinó y después de un par de intentos logró que la máquina encendiera. Caballero –respondió el taxista al abordar el auto – este taxi es un Ford 1927 modelo A y no tiene motor de arranque. El viejo se transportó al pasado y recordó su infancia junto a su hermano, lejos de la casa paterna, en una pequeña ciudad donde habían comenzado a llegar esos coches. Algunas veces habían conseguido que un vecino les diera un paseo en el vehículo que tenía la misma edad que ellos. El automóvil inició la marcha en direc-

ción a la calle Infanta donde giró a la izquierda con un movimiento que parecía
un cruce entre una película muda y la re-
petición de una jugada de béisbol en cámara lenta. Otro giro a la izquierda y tomaron la Avenida del Malecón. El
automóvil no tenía capota y parecía un
carruaje con motor que era sobrepasado
por los coches con caballos que transpor-
tan turistas por el malecón. Desde allí las
miradas del viejo y Bolívar se cruzaron
por un momento. El joven estaba en la
cima de la terraza del hotel junto a la
mesa en la que hacía unos momentos habían estado sentados, ahora hablaba con
el mesero que señalaba en dirección
opuesta. El viejo pensó en la paradoja del
cambio de posiciones, no sostuvo la mirada y pretendió ser un turista con sus lentes oscuros. El extranjero había comenzado una charla con el taxista. El conductor
hizo una lista de las personas famosas
que había llevado en su taxi: Maradona,
Jennifer López, Marc Anthony, el presidente de Venezuela... Bolívar llamó a uno de

los hombres armados y le señaló hacia el automóvil. Por uno de los espejos del coche, el viejo vio al hombre llevarse el fusil de asalto hacia la cara para usar una mira telescópica. No se atreverán a disparar –dijo el viejo entre dientes. Un segundo después la goma trasera del coche estalló en pedazos. El auto trastabilló unos metros y se detuvo en medio de un chillido ensordecedor. El taxista saltó de su asiento y se quitó la camisa para tratar de controlar el fuego. El turista saltó del lado opuesto y se echó a correr sin detenerse a revisar el estado de sus compañeros de viaje. A diferencia de los otros dos, el viejo mantuvo la calma, bajó del automóvil por el lado derecho y con el galón de agua que había abandonado el extranjero extinguió el amague de fuego que se había generado por la fricción de la rueda del carro sin goma contra el pavimento. Gracias chico, gracias –le comenzó a decir el taxista en medio de lágrimas– este carro era de mi abuelo que se lo dejó a mi padre y ahora es lo único que tengo. No es

del Comandante sino mío, gracias. El viejo sintió lástima al oír el argumento del taxista, nada es del Comandante, todo es del pueblo revolucionario –dijo sin que el otro llegara a escucharlo. Levantó la mirada y vio a Bolívar que continuaba en la cima de la terraza instruyendo al francotirador para que apuntara en la distancia hacia donde corría el extranjero. Una romería de curiosos se acercó al automóvil. El viejo cruzó la avenida y se internó en un laberinto de quioscos de ventas populares que ofrecen comidas y bebidas en moneda nacional.

Un equipo de sonido a todo volumen amplificaba una canción de salsa que fue popular en los ochenta. Dos parejas bailaban en una pequeña plazoleta mientras un grupo de muchachos coreaba que: una aventura, es más bonita, si hacemos creer a los demás, que no hay amor. El viejo quiso ser uno de ellos, estar allí con su compañera (en la segunda acepción) y bailar junto a los muchachos. El ritmo le invadió el cuerpo y lo siguió con las palmas mientras se escuchaba que la canción seguía reventaaamos, estamoos que reeventamos, caada vez que de frente noos miramos. Estos colombianos siempre con sus vocales repetidas en su música, hasta en el himno nacional las tienen metidas –reflexionó el viejo olvidándose de todo por un momento. Uno de los jóvenes vio al viejo entusiasmado y lo invitó a sentarse junto al grupo compañero, siéntese y comparta con nosotros; tenemos poco ron pero le invitamos un trago –le dijo el muchacho estirándole una copita llena hasta la mitad. El viejo aceptó y se sentó entre los muchachos que continuaban coreando la canción. El viejo estuvo aplaudiendo y tratando de seguir las canciones por un rato. Luego, ya para despedirse, le preguntó al joven que le brindó la copa: ¿Qué celebran? El muchacho que acababa de comenzar a bailar le respondió abrazando a su pareja: la vida compañero, la vida. Ah, además, mañana me voy de la isla porque me han arreglado, ya tú sabes. El viejo fingió una sonrisa, miró al joven y deseó con todo su corazón que no se fuera de la isla. Alejándose del lugar, pensó en sus

hijos y su extraña relación con ellos. Se habían convertido en desconocidos, en miembros de una clase social privilegiada en la isla pero que desde afuera cualquiera tomaría por clase media. Sus enemigos pensaban que vivía cerca de ellos, en el barrio Atabey, y su antiguo esquema de seguridad se había encargado de extender ese mito. Quiso ir caminando hasta calle doscientos y sorprender a alguno de sus nietos jugando en algún patio, pero sabía que no podría lograrlo.

El viejo giró dos veces a la derecha, llegó a M y la Línea, se detuvo un segundo a ver la Tribuna Antimperialista en la distancia. Nunca la había visto vacía, sin banderas ni público gritando vivas a la Revolución. ¿Cuántas personas vendrían a oír mis discursos de forma voluntaria? –se preguntó con honestidad. En un espejismo, la imagen de la tribuna repleta a reventar de turistas escuchándolo hablar en la tarima como si fuera otra atracción pintoresca de la isla le pasó por la mente. Estalló en una risa dolorosa, como quien llora la muerte de un amigo en medio de una terrible ironía, y se sentó en el mojón a gimotear un rato. Se levantó y con el rostro lavado en lágrimas, caminó hasta L y volvió a mirar hacia la Tribuna. Los cientos de astas sin bandera en frente a la Oficina de Intereses Yanquis parecían lanzas gigantes que ondeaban furiosas en medio del calor isleño. Pensó en los imperialistas viendo desde sus ventanas la vista de la ciudad vieja estropeada por esos tubos que desde adentro deberían simular las barras de una celda. Los imaginó como perros rabiosos ladrando de manera infructuosa con su estúpida pantalla de propaganda capitalista en el culo. La revolución está salvada –dijo en voz alta seguro de ese triunfo de la dignidad nacional. Luego de esta declaración, se sintió libre de nuevo, se quitó los lentes oscuros y los depositó con cuidado en el bolsillo de la sudadera.

De repente, el viejo sintió un golpe seco en la nuca y se desvaneció en medio de la calle. Por un largo rato sintió una

paz reconfortante y seductora. Pensó en quedarse así para siempre, en medio de ese silencio profundo y oscuro. Luego sintió una luz que invadía la paz que tanto disfrutaba. Me estoy despertando – pensó sin reflexionar en el golpe. Sintió el cuerpo liviano, una pluma que se lleva el viento. El haz de luz se proyectó sobre la oscuridad y comenzó a desplegar toda su vida en forma de película que primero fue muda y luego se llenó de sonidos monótonos, abruptos e incluso ensordecedores. Volvió a oír cada bala disparada, cada mortero detonado, cada bomba y los gritos de los heridos de muerte que suplicaban les detuvieran el dolor a cualquier costo. Se vio llorando derrotas y celebrando triunfos, su mente hacía un balance de alegrías y tristezas. Luego tuvo que escuchar cada uno de sus discursos, palabra por palabra, era una tortura interminable. Vio a sus amigos convertidos en estatuas de arena, poco a poco desvaneciéndose en el aire sin dejar rastro. Continuaron sus discursos, sus gritos, sus alegatos. Si esta es la muerte me ha quedado un pie en el purgatorio y otro en el infierno –se dijo a sí mismo sin articular palabras– y comenzó a reírse a solas en ese espacio interior que ahora habitaba. La película se aceleró y comenzó a ver sus últimos días planeando el escape, esperando la guagua, bebiendo el agua del turista, huyendo del hotel, etcétera. Un dolor intenso le invadió la espina dorsal y sintió que un líquido tibio le humedecía la cabeza y la espalda.

Lo primero que vio entreabriendo el ojo izquierdo fue una sombra curvilínea que le sostenía la cabeza como si fuera un bebé recién nacido. No se esfuerce señor, no trate de mover la cabeza por un rato –le dijo una voz femenina que salía de la sombra. El viejo intentó abrir el ojo derecho y sintió un dolor profundo que le impedía levantar el párpado. ¿Chica, tienes un espejo? –suplicó el viejo. La mujer le acercó un espejo de azogue amarillento y curtido que mantenía envuelto con un trapo de algodón. Lo puso en la mano derecha del anciano y se aseguró de que lo agarrara con fuerza para sostenerlo sin dejarlo caer. El viejo se lo llevó hacia el rostro y examinó con su ojo izquierdo el estado de su rostro y la oreja derecha. El ojo inflamado parecía haber recibido un golpe en el arco superior, la oreja estaba ensangrentada pero notó que la herida estaba localizada detrás de ella. Levantó el espejo y por medio del reflejo examinó la habitación. A unos pasos de la cabecera del catre había una puerta con velo que daba a un patio, vio una ventana, ropa tendida en un par de cuerdas, una silla y una cómoda sostenida por ladrillos en un costado. El viejo sintió que le hacía falta algo, le devolvió el espejo a la sombra y le preguntó: ¿Dónde está mi ropa? La sombra comenzó a hacerse colorida y se convirtió en una joven mulata de pechos separados, piernas fuertes y dentadura impecable que le respondió: ¿Cuál ropa? Yo lo encontré tendido en el suelo sólo con la ropa interior y la camisilla, nada más. Me sorprendió ver esas piernas tan páli-

das y no fui capaz de dejarlo ahí bajo ese sol abrasador. El viejo comprendió que la hospitalidad de la mujer no estaba para ponerse en duda, le respondió en tono amable: muchas gracias chica, me salvaste la vida. La mujer se sentó junto a él en la cama y con toalla empapada le refrescó el rostro. Duerma un rato más para que recupere fuerzas. Yo voy a salir un momento y luego regreso con algo para comer. No se preocupe, aquí está seguro señor –le dijo mientras agarraba un bolso de cuero blanco y un teléfono celular de la cómoda. El viejo cerró los ojos, en señal de aceptación y se quedó dormido.

Después de una hora en que no soñó nada, el viejo despertó y abrió su ojo izquierdo como un cíclope. Apoyado en su brazo izquierdo logró sentarse en la cama y evaluó su situación. Desconocía el lugar en que se encontraba, estaba golpeado y sólo tenía ropa interior. Se incorporó con un poco de esfuerzo pero se sintió lo bastante fuerte como para caminar, se acercó a la puerta del cuarto y corrió el velo para observar el exterior del lugar. Afuera se extendía una terraza de un cuarto o quinto piso en que se extendía ropa recién lavada. ¿Cómo pudo esa joven subirme hasta este lugar? –se preguntó el viejo con ese hábito suyo de pensar en voz alta. Fácil, por el elevador –respondió la voz de la mujer que regresaba de la calle. El viejo giró para mirarla y replicó: ¿Elevador aquí, chica? No lo puedo creer. ¿Cómo pueden tener un elevador en un edificio tan derruido? La mujer se acercó al viejo, lo invitó a volver al cuarto con un gesto amable y le dijo: ya le muestro compañero, ahora más tarde salimos y le muestro. La mujer puso un paquete sobre una mesita plegable que sacó de atrás de la cómoda e invitó al viejo a beber una cerveza Bucanero en lata. Luego desempacó un plato de comida tibia que traía envuelto en una toalla. El viejo le agradeció con un gesto de ternura, agarró una pierna de pollo del plato y se la llevó a la boca. La mujer se sentó en la cama a verlo comer con una sonrisa plácida. Des-

pués de comer, el viejo notó que la toalla en que venía envuelto el plato estaba
marcada con las palabras Hotel Presidente. Chica, ¿dónde conseguiste esta comida
tan deliciosa? –preguntó el viejo tratando
de ocultar sus intenciones. Me la regaló
mi novio –respondió la mujer con candidez. Necesito ropa para volver a mi casa
–dijo el viejo con un tono de súplica. Yo
tengo algo de ropa de hombre aquí en mi
cómoda, espere un momento y la busca-
mos –respondió ella, comprensiva. La
mujer abrió un cajón y extrajo una camisa blanca de mangas cortas, luego abrió
otro y sacó unos pantalones cortos tipo
safari, debajo de la cama rebuscó un par
de sandalias de hombre número catorce. El viejo se vistió con una avidez que
le impidió cuestionar la combinación de
prendas. Una vez que estuvo vestido, levantó los brazos y dio una vuelta frente
a la mujer: ¿Qué tal chica? –dijo alegre.
Muy bien, casi pareces un turista –dijo ella
pasándose al "tú" con un tono cómplice-
te faltan los espejuelos oscuros. El viejo

reflexionó un segundo, pensó en la ironía de esa situación y recordó al turista con el que había compartido la mañana. La mujer buscó en otro cajón y sacó unos lentes oscuros, menos lujosos que los del turista, y se los extendió al viejo para que disimulara el golpe en el ojo. ¿Quién te dio estos espejuelos oscuros? –preguntó el viejo mientras se los ponía y se miraba en el espejo que la mujer mantenía envuelto en la toalla. Mi novio gringo –respondió la mujer con un aire confidencial.

Cuando salieron a la terraza el viejo identificó la torre del hotel Presidente a unas calles de lugar. La mujer lo tomó del brazo y lo llevó detrás de una hilera de ropa extendida donde le mostró el acceso al elevador: Ahí lo tienes chico, el elevador. El viejo subió al cubo del ascensor que carecía de reja o puerta y parecía un sarcófago egipcio saqueado muchas veces por hordas hambrientas. La mujer se alejó unos pasos y regresó con unas cubetas llenas de agua, entró al elevador dejándolas junto a la puerta, luego intro-

dujo una al carro y haló de una palanca, el armatoste se puso en movimiento y comenzó a descender en forma lenta. Antes de alcanzar el entresuelo, la mujer tomó la otra cubeta y el descenso se hizo más rápido. El viejo se sintió en una película de Charles Chaplin, muda y vertiginosa. Después de haber descendido tres pisos, la mujer abandonó una de las cubetas en el segundo entresuelo, movió otra palanca y con precisión controló el descenso. El elevador llegó hasta la base del edificio e hizo chirrear un par de resortes. Con un trozo de cuerda, la mujer aseguró la palanca a una viga metálica. El viejo había sostenido la respiración durante todo el viaje y al salir de ese tren vertical suspiró, recuperó la tranquilidad y quiso investigar: ¿Chica, cómo hiciste funcionar ese elevador? La mujer respondió con naturalidad: Sencillo chico, le pedí ayuda a Aresky. Él vino un día, vio lo que teníamos a la mano y diseñó el sistema. Fue una bendición porque unos días después comenzaron a colapsar los escalones y ahora sólo nos queda el elevador de agua. El viejo se sintió orgulloso al saber que la ingeniosidad isleña había mantenido en pie los logros revolucionarios. ¿Quién es este Aresky? –preguntó el viejo interesado en conocerlo. ¿No conoces a Aresky Hernández, el famoso jarlista del malecón? –respondió la bella mulata preparando su mejor pronunciación inglesa para continuar: le dicen el jarlista porque es una de las pocas personas que tiene un motor jarli deivison en la isla. Areski es un tipo raro sabes, no es que sea maricón sino que siempre trabaja de gratis por el "bien" de la revolución a la que le agradece su motocicleta. Yo quise pagarle con CUCs que me dio mi novio italiano, pero él me dijo que mejor los guardara para reconstruir mi cuarto. La pareja llegó a la esquina. Dos mujeres cruzaron la calle y los interceptaron levantando la voz: ¿chica, no nos vas a presentar a tu amigo? Dijo una mestiza de cabellos rubios que hacía equilibrio sobre un par de tacones altos que a todas luces le quedaban anchos. Junto a

ella había una joven de unos catorce años con el cabello recogido sobre la cabeza para parecer una mujer fatal y con experiencia. Las dos fumaban y guardaban la distancia del viejo y la mulata. La mujer apretó el brazo del viejo y lo acercó hacia su pecho derecho. El anciano sintió algo de excitación al sentir la forma redonda y blanda del pezón. La mujer trató de responder: chicas, este es mi novio... Español —completó el viejo para evitar dar algún nombre—, soy su novio español. Las chicas sonrieron después de emitir sendas bocanadas de humo. ¿Vienes sólo o con amigos? —interrogó la rubia. El viejo salió al paso y dijo imitando el acento de sus ancestros: vengo con un amigo fotógrafo. La rubia miró alrededor de manera desafiante y con determinación comentó en tono de orden: me parece magnífico, entonces los acompaño para que me lo presenten. Sacó de su cartera un par de cigarrillos sin filtro y se los dio a la chica junto con un billete de moneda nacional. Tú regresa a casa y dile a mi abuela que me fui con Yurladis a conocer a un amigo de ella al que le gustan las rubias. Te quedas en casa, recuerda que no te quiero ver en el malecón con ninguna de las reguetoneras de tu escuela. Después de dar la orden, la rubia arrojó la colilla de su cigarrillo al suelo, se acercó y agarró al viejo del brazo derecho. El viejo se sintió secuestrado por las dos mujeres que ahora lo apretaban contra sus pechos como compitiendo por su simpatía. La situación le pareció sospechosa pues por lo menos Yurladis sabía que él no tenía un centavo encima y que además no era un turista. Avanzaron un par de calles en esta situación incómoda para él, juntó valor y con su acento imitado preguntó a las mujeres: ¿Chicas para dónde vamos? Yurladis respondió de inmediato: a tu hotel mi amor, vamos al Hotel Presidente. La respuesta de la mujer lo dejó frío pues indicaba que ella sabía algo que él ignoraba. La rubia comenzó a pasarle la mano derecha por entre el brazo y la axila con un movimiento rítmico que al viejo le pareció una clave. El

anciano analizó sus posibilidades de escapar de las dos mujeres, pero concluyó que era más fácil jugar al turista, llegar al hotel Presidente, escabullirse por ese lugar que para él era conocido y desde allí comunicarse con su hermano; explicarle la situación y pedirle una salida discreta de la situación. La rubia rompió el silencio y comentó con desparpajo: lindo, dime, en caso de que a tu amigo no les gusten las rubias, tú no tienes problema para satisfacer dos novias ¿cierto? Yurladis y yo ya lo hemos hecho y todo salió muy bien, ¿Qué dices? El viejo odió la revolución por un momento, pensó en revelarse frente a la rubia y gritarle que se largara antes de que la hiciera arrestar. La rubia no pudo esperar la respuesta del viejo, en ese mismo instante comenzó a repicar un teléfono celular que llevaba en el bolsillo de sus pantalones cortos. La mujer lo contestó sin soltar al viejo ni un momento. El viejo logró escuchar algo de lo que le decía la voz de una mujer a la rubia, era un ultimátum para el pago de una deuda

en CUCs. La rubia replicó que en ese preciso momento iba a visitar a su novio en
el Hotel Presidente y que seguro él le ob-
sequiaría dinero para cancelar la deuda.
La rubia colgó el teléfono y comentó con
Yurladis: sabes, amiga, me llamó Chachi
Bolívar para cobrarme el último abono del
televisor que me vendió hace seis meses.
Yo no sé qué hacer, me está volviendo loca
y a cada rato amenaza con decirle a su hijo
que yo soy una jinetera y una ladrona, ¿te
imaginas el lío en que estoy?

El viejo reconoció el mote con el que
llamaban a la madre de Bolívar y al atar
cabos recordó la familiaridad con la que
lo vio hablando con unas chicas en el malecón horas atrás. Yurladis ignoró el comentario de la rubia. El viejo volvió a re-
cordar la escena en el malecón. La
revelación le vino de la misma manera en
que medio siglo atrás había logrado dis-
tinguir a un antiguo militar infiltrado en
el ejército revolucionario. Se detuvo de
repente obligando a las mujeres a hacer
lo mismo, giró sobre su pie derecho y le

extendió un abrazo a la rubia, inclinó la cabeza a la derecha para obligarla a mostrar su perfil frente a su ojo izquierdo y mientras le decía – no te preocupes, mujer, mi amigo y yo te ayudaremos con ese problema –la observó de perfil y repasó su ropa que la delató como una bandera del enemigo. Era la misma mujer que señaló hacia la rampa. La rubia fingió un mimo y dijo gracias con un tono infantil. El viejo entendió que tenía muy poco tiempo, en cualquier momento podrían atraparlo, hacerlo desaparecer, ahogarlo, presentarlo como un desquiciado o, lo que sería peor, acusarlo de conducta antirevolucionaria. El grupo continuó el camino en silencio. Las dos mujeres sonreían y caminaban junto al viejo con la frente levantada, era como si su compañía las reivindicara frente a los demás peatones. El viejo tomó nota mental de que iban caminando por J en dirección al malecón. Al llegar a la avenida 21, el viejo hizo un movimiento rápido con ambas manos y cambió el abrazo de las mujeres con una pinza de sus

manos en el antebrazo de cada una de ellas, se detuvo de repente y giró a la derecha para hacerles abordar un taxi coco que estaba detenido en la esquina. Mantuvo su acento fingido y dio la orden al conductor: Llévanos a la Necrópolis de Colón. La motocicleta se puso en marcha con un esfuerzo convertido en un gruñido constante y ensordecedor. El vehículo avanzó hacia la avenida de los Presidentes, las mujeres se miraron una a la otra sin decirse nada, el viejo se mantuvo alerta mirando todo como si se tratara de un verdadero turista. En la distancia, reconoció el auto con placas verde claras de las FAR, del que se había bajado un hombre a regañar a una chica en el malecón horas atrás. Venía en dirección opuesta, sin hacer sonar la sirena y sin mucha velocidad. El hombre recordó la escena del malecón junto al turista, el militar vestido de civil que descendió del auto para reprender a una muchacha, esa era la misma mujer que lo había recogido en la calle horas después, lo había vestido y ali-

mentado, había cambiado de ropas pero ese nombre era inconfundible: Yurladis – dijo en voz alta como indicándole a ella la cercanía del peligro. Sin pensarlo dos veces, el viejo besó a la rubia. Introdujo su lengua gruesa y salina entre los labios espesos de la chica. Ella levantó la mano derecha y le acarició los cabellos como en un acto reflejo, parecía una máquina programada para hacer siempre el mismo movimiento. El viejo tuvo pena al sentir excitación con ese beso vacío de cariño, soltó a Yurladis y puso su mano izquierda sobre el pecho de la rubia. Yurladis comprendió la señal del viejo, se llevó ambas manos a la cara y se cubrió el rostro como quien está a punto de estornudar. El conductor del coco taxi levantó la mano para saludar a los pasajeros del automóvil militar que pasaron de largo sin responderle el guiño. Ese gesto de arrogancia militar no sorprendió al conductor que ya se había acostumbrado a ser ignorado por los camaradas. El viejo dejó de besar a la rubia y se concentró en la ubicación del vehículo. Reconoció la esquina de D y mientras la rubia se ajustaba la ropa, tomó a Yurladis por el antebrazo y dio una orden seca con su mejor imitación del acento ancestral: detenga esta hijaputa máquina que me he olvidado de mi billetera en el hotel y tengo que ir a por ella. El conductor se detuvo en seco para no gastar más combustible en pasajeros sin dinero. En un segundo el viejo y Yurladis habían bajado del vehículo mientras que la rubia trataba de comprender lo que estaba sucediendo y de sostenerse sobre sus tacones. Amor, por favor arregla la cuenta con el señor, usa el dinero que te di para los gastos –dijo el viejo en voz alta interpelando a la rubia. Yurladis y el viejo comenzaron a caminar hacia el norte, aunque no corrían, caminaban de prisa. El conductor del coco taxi se giró sobre su silla y le dijo a la rubia con una risa medio irónica: compañera, no la puedo dejar descender del vehículo hasta que me cancele tres CUCs. La rubia no quiso armar un escándalo ni llamar la atención de nadie,

buscó entre su cartera y sacó dos monedas, las acercó al conductor y le dijo: esto es todo lo que tengo, compañero. El taxista tomó las monedas de la mano de la chica, se levantó de su silla y ayudó a la mujer a descender a la calle. Desde el suelo, el taxista le indicó la dirección en que habían caminado sus acompañantes. El viejo y Yurladis avanzaban cogidos de la mano, giraron a la derecha y después a la izquierda, un bloque más adelante, volvieron a girar a la derecha. La mujer comprendió de inmediato que el viejo trataba de ir hacia el Hotel Presidente y hacerle perder el rastro a la rubia. Cuando llegaron a mitad de la calle en F y la 19, el viejo la interrogó con un tono paternal: ¿Cómo se llama la rubia? ¿Hace cuánto la conoces? Yurladis sintió vergüenza y bajó la mirada antes de responder buscó las palabras precisas: Dicen que se llama Marisleysis González pero que un día se cansó de que le hicieran choteo con eso de que era la prima de Elian, se cambió el color del cabello, comenzó a presentarse como

Marielkis y se olvidó de su apellido. El viejo estalló en risa pero pronto continuó el interrogatorio: Pero ¿hace cuánto la conoces? Yurladis respondió fría: hace como tres años, desde la primera vez que me fui a buscar novio extranjero al malecón. El viejo volvió a odiar la revolución por estas consecuencias inesperadas, quiso abrazar a Yurladis y hablarle como un abuelo dispuesto a perdonarla por sus faltas. La pareja llegó a la esquina de F con la 15, el viejo tomó la iniciativa de girar a la izquierda y ella lo siguió resignada. ¿Tú viste quién me golpeó? –preguntó el viejo. Ella fue puntual: no. Pero un poco antes de chocarme con tu cuerpo en la banqueta, había visto a Marielkis y a su prima pasar corriendo con unos trapos rojos en la mano. El viejo y Yurladis volvieron a girar hacia la derecha y llegaron a la esquina de E con la 11. ¿Por qué dijiste que fuéramos al hotel Presidente? –preguntó el viejo y siguió cuestionando ¿Tú sabes que no tengo dinero encima? Yurladis, lo agarró del antebrazo y le acarició

como quien trata de tranquilizar a un chico: Para que conozcas a mi novio, le hablé de ti cuando le pedí la comida y me dijo que quería conocerte. La pareja giró a la derecha y aceleró el paso como animados por el ritmo distante de un taconeo apresurado que les recordó a la rubia. Ella no se resignaba a dejarlos ir solos. En F cruzaron a la izquierda, avanzaron en silencio, Yurladis lucía complacida agarrada del brazo del viejo. Él logró verse en el reflejo de un taxi blanco que pasó junto a ellos a baja velocidad, era verdad que parecía unos de esos turistas que recogen chicas en el Malecón –pensó. ¿Conoces a Chachi Bolivar? –le preguntó a Yurladis y la observó de reojo. Claro chico –respondió ella con naturalidad. ¿Le tienes miedo o le debes dinero? –insistió el viejo. Le temo más a su hijo, ha hecho arrestar a varias chicas –dijo ella con la mirada centrada en la distancia. Ya habían cruzado la Línea y en la distancia se veía el mojón de Calzada. ¿Por qué? ¿Acaso eran antirevolucionarias? –preguntó el viejo controlando la rabia. El sonido de las pisadas de la rubia cesó de golpe. Yurladis le apretó el antebrazo y le clavó la uñas afiladas en la piel como si quisiera marcar su territorio frente a posibles rivales. Ja ja ja, antirevolucionarias, muy gracioso; –dijo ella– parece que no vivieras en esta isla, es como si te hubieran sacado de una cartilla de historia o de uno de esos discursos interminables que daba el Comandante. Llegaron a Calzada, cruzaron y giraron a la derecha, estaban a cincuenta pasos del Hotel Presidente. El viejo se mostró estoico frente a sus comentarios, levantó la mirada e identificó las escaleras de entrada al hotel. Yurladis estaba a punto de comentar el parecido del anciano con el perfil del comandante cuando sintió el retorno del taconeo de Marielkis y su respiración agitada los sorprendió por la espalda. La rubia agarró al viejo por el otro antebrazo y dijo: perdonen la tardanza, estos zapatos me aprietan un poco y tuve que quitármelos hace un rato.

Subieron las escaleras y pasaron junto al guardia de la entrada. Buenas tardes caballero ¿Adónde se dirige? Dijo el hombre ignorando a las mujeres. Venimos al bufet, tenemos una cita para comer con un amigo –dijo el viejo recuperando el acento de sus abuelos. El guardia se vio duplicado en el reflejo de sus lentes oscuros, la presencia del viejo lo inquietaba un poco. Lo había visto caminar desde la esquina con una marcialidad que le pareció familiar. Puede que sea un agente encubierto de esos que posan de turistas para arrestar jineteras y proxenetas –pensó en un instante. Había reconocido a Yurladis y a Marielkis pero en ese momento prefirió ignorarlas por completo. ¿Las señoritas vienen con usted, caballero? –le dijo al viejo con una complicidad que buscaba establecer algún tipo de entendimiento. El viejo comprendió que esta era su oportunidad para separarse de ellas. Pensó rápido, se desprendió de sus brazos y dijo tomando el control de toda la situación: Si y no, ellas me han indicado el camino pues dicen que vienen aquí para acceder a la internet, ¿hay ordenadores disponibles? Tenemos un par ahora mismo –dijo el guardia y estiró el brazo derecho para indicarles el paso a la izquierda de la recepción. El viejo caminó por el lobby frente al mostrador de registro, pasó junto a los ordenadores, giró a la izquierda y se instaló en la pequeña barra del bar. Las mujeres lo siguieron a una distancia prudente sin perderlo de vista. Marielkis abrió su bolsa y sacó una tarjeta con un código para acceder al internet. Yurladis se sentó junto a ella pero se mantuvo observando alrededor como buscando a alguien. El hombre de la barra se acercó y le preguntó si deseaba ordenar algo. El viejo recordó que no llevaba dinero y sintió temor de ser descubierto. Se giró en la silla y le dijo a las chicas que estaban sentadas a unos metros de distancia: ¿Señoritas, les apetece una caña? Ellas saltaron a la barra como dos ranas sedientas. El viejo continuó la farsa y ordenó: tres cañitas, por favor. No

tenemos cañas, señor, solamente cerveza Bucanero en lata –respondió el hombre al parecer incómodo por la presencia de las mujeres. Entonces venga, danos tres de esas –sentenció el viejo con su mejor actuación, quiso parecer una estrella de cine que ha viajado a la isla para buscar locaciones para su siguiente película y de paso pasar a conocer al Comandante. Era una moda entre futbolistas, modelos, cantantes, escritores y actores de cine ir a la isla y declararse simpatizante de la revolución. El cantinero obedeció y después de servirles encendió la televisión y subió el volumen a las noticias de la tarde. El viejo tomó un sorbo largo, pasó el trago y observó la imagen de su hermano en la televisión. ¿Os gusta más este o el viejo comandante? –preguntó en voz alta. Nadie respondió. Vamos, podéis hablar con confianza –dijo después de beber otro sorbo de Bucanero. Miró al hombre de la barra y esperó su respuesta. Es complicado –dijo el hombre con un vaso en la mano. Caballero, son seis CUCs por las tres cervezas –agregó con el deseo de terminar la charla. Póngalas a la cuenta de mi habitación dijo una voz que los sorprendió por la espalda. Yurladis se levantó de la silla y beso al extraño que se hallaba justo a la espalda del anciano. Te estábamos buscando –dijo ella tocándole el hombro al viejo. Siéntate –dijo la voz y Yurladis regresó a su lugar junto a la rubia. El cuerpo del extraño se instaló junto al del viejo. El hombre de la barra se acercó al recién llegado con un papel para que firmara la cuenta y una botella de cerveza importada bien helada que sacó de la nevera. Gracias –dijo la voz, luego levantó el brazo y le dijo al viejo: salud, amigo. El anciano levantó su lata de cerveza, giró la cabeza y brindó: Salud. Los dos hombres bebieron un sorbo. El viejo reconoció al turista que le había dado agua en la mañana. ¿Ya me reconoce, compañero? –dijo el extranjero sonriendo – soy yo, su ángel de la guarda. El viejo volteó y miró a Yurladis como pidiéndole una explicación. Ella bajó la cabeza. La rubia había des-

aparecido. ¿Dónde está Marielkis? –preguntó el viejo consternado. El hombre de la barra terció: se encontró con su novio venezolano. El viejo supo que se trataba de una manera cómica de llamar a Bolívar. Vámonos de aquí –le dijo al turista en un gesto de confianza – viene el hombre que nos disparó esta mañana. ¿Bolívar? – dijo el turista – no se preocupe amigo, aquí estamos seguros. El extranjero levantó el costado izquierdo de su chaqueta y le dejó ver una pistola automática de 9 milímetros. Chico, dame una cerveza de las mismas que le sirves a mi amigo –dijo el viejo ya sin el acento de sus abuelos. El hombre de la barra no se sorprendió por el cambio de acento pero miró al extranjero buscando aprobación. Él hizo gesto con la mano y la cabeza para autorizarlo. El viejo tomó un sorbo largo de la botella. Miró a la televisión y le pidió al hombre de la barra que le subiera el volumen a las noticias.

Ahí estaba su hermano, el nuevo Comandante luciendo unas gafas oscuras de

la misma marca que las que ahora eran suyas. La imagen era un primer plano del otro anciano que anunciaba reformas revolucionarias. Su hermano, hacía un recuento de las reformas emprendidas desde que asumió el poder: primero se liberó la venta de pequeños electrodomésticos y celulares, luego permitimos el alquiler de tierras públicas para desarrollos de cultivos privados, ahora también los compañeros que así lo deseen pueden iniciar sus propios negocios, comprar y vender coches. El día de hoy... El comandante se detuvo para tomar aire, y bebió un sorbo de agua frente a la cámara. El viejo vio a su hermano pasando un trago amargo. Supo que sus ojos estaban enrojecidos detrás de sus lentes oscuros. Los tacones de la rubia resonaron en el lobby del hotel. El viejo reconoció a Bolívar reflejado en un espejo del bar. Estaba ahí, con su traje de corbata parado detrás de él viendo la televisión con la boca abierta. El turista miraba la escena dentro y fuera de la pantalla y sonreía triunfante. Un silencio

profundo se apoderó del lugar, el parlante del televisor emitía con alta fidelidad el sorbo agrio que el Comandante trataba de pasar para recomponerse y seguir leyendo el anuncio de la gaceta oficial. A partir de la próxima semana "las nuevas normas jurídicas reconocen la compraventa, permuta, donación y adjudicación –por divorcio, fallecimiento o salida definitiva del país del propietario– de viviendas entre personas naturales con domicilio en el país y extranjeros residentes permanentes en la Isla". En el instante en que su hermano terminó el anuncio y desapareció de la pantalla, el viejo bebió otro sorbo largo de la botella hasta dejarla vacía, la hizo girar en el aire, la agarró por el cuello y la reventó contra cabeza del turista. Bolívar se puso en guardia y con la mano izquierda desenfundó su pistola. Cuando levantó la mirada vio al viejo apuntándole con el arma del extranjero que sangraba y yacía aturdido sobre la barra. Ni lo pienses chico, no vale la pena matarme, ya estoy muerto. Acabas de escuchar mi epitafio. Bolívar dejó el arma en el suelo, levantó las manos y estalló en llanto como un niño sorprendido por su padre en una travesura terrible e imperdonable. Yurladis se encogió en la silla. El cantinero se agachó detrás de la barra. El viejo miró alrededor, mantuvo el arma en el aire y le dijo al extranjero que comenzaba a levantar la cabeza ensangrentada: ¡ahí tienes lo que querías, yanqui hijoputa, ver morir la revolución! El viejo se acercó a Bolívar, tomó el arma del suelo, le quitó el proveedor de balas, lo guardó en su bolsillo y se la devolvió al joven con un gesto paternal y triste. Bolívar estaba de rodillas cubriéndose la cara con las manos enjuagadas en llanto. Tomó el arma con las dos manos y la guardó en su cartuchera. Pistola en mano, el viejo caminó hacia la piscina del hotel al lado opuesto de la entrada. Desde la terraza vio el malecón en la distancia y la guagua que daba la vuelta para hacer el recorrido contrario al de la mañana. Con una agilidad de acróbata, que impresionó a todos los que lo vieron,

puso una mano en la baranda de la terraza, inclinó el cuerpo hacia delante y saltó al otro lado para alcanzar la calle.